NAPOLÉON

A L'HOTEL

DES INVALIDES,

PAR

A. CARBON,

Ancien élève de l'École Polytechnique.

———⊰❖⊱———

PARIS,

CHEZ LES MARCHANDS DE NOUVEAUTÉS.

—

1840.

NAPOLÉON

A L'HOTEL

DES INVALIDES,

PAR

A. CARBON,

Ancien élève de l'École Polytechnique.

CLERMONT (Oise),

IMPRIMERIE DE A. CARBON.

1840.

Liberté ! ton asyle est l'enseigne du brave ;
Et de la chaîne de l'esclave
Sous les tronçons du glaive est un anneau brisé.

I.

De la hauteur des cieux où seul il se balance,
Où la nuée au loin lui vomit et lui lance
Du goufre de ses flancs et les feux et la mort,
Quand sur l'Athos sanglant, toujours superbe il tombe ;
L'aigle, qu'étreint l'angoisse et que son râle endort,
      Au néant de la tombe
Mourant a révélé le seul Dieu, le Dieu fort;

Et le nom qu'un long deuil, le deuil de la victoire,
Couvrit à Waterloo du linceul de la gloire,
Le nom qu'a murmuré l'Adige, la Newa,
Plus haut a proclamé qu'à l'heure de la chute,
Le pavois d'Aboukir et la plus humble hutte
Ne sont qu'un même sable au pied de Jéhovah.

IL n'est plus! — Et le mausolée
N'est qu'un lit au désert!...
Couché dans la vallée
L'Hysope l'a couvert!...

Hyène à la mamelle où toute rage abonde
Fallait-il t'écraser?
De l'Oural au Thabor fallait-il embraser
Le monde?

L'Hysope l'a couvert! — Et celui dont la voix
Appelait un soldat à la table des rois;
Et celui dont le glaive, aux flammes du cratère,
Avait joué vingt ans le trône de la terre;
Ilote que l'exil échoua sur l'écueil
Où d'un rocher brûlant il n'a plus que le seuil,
De la blanche falaise et du flot qui s'y brise,
Haletant, implorait le souffle d'une brise.
Et celui qui rêvait aux funèbres caveaux
Un cortège nombreux de sépulcres nouveaux,
Et celui qu'attendait, aux voûtes dépouillées
Qu'un vent de la colère, hélas! avait souillées,

Une couche, une tombe aux somptueux apprêts,
N'eut pour pleurer sur lui qu'un saule et le cyprès.

Inexorable écrou ! Bagne qu'un temple envie,
    Jour à jour, fil à fil,
  De la victime usant, tuant la vie,
Que ton art fut savant à torturer l'exil !

Un saule et le cyprès ! — Et tel que la lumière,
Jouant avec l'écume, emflamme la poussière
Des lames que l'écueil en perles déchira,
Le nom qu'ont réclamé les longs échos des âges,
Sainte Hélène ! à jamais va signaler tes plages,
    Et plus beau s'y réfléchira.

Au pied de tes brisants tombé du plus haut faîte,
L'inévitable nom que tonna la tempête,
Qui, seul, glaçait d'effroi les peuples ameutés,
A l'horizon des temps va surgir plus sublime
Que tous les noms fameux qu'à l'éternel abyme
    Le roulis d'un siècle ait jetés.

II.

  Honte et malheur ! — A la tombe, à la cendre,
Eut insulté peut-être une aveugle fureur ;

Avant de nous la rendre
Il fallait que le temps ait calmé la terreur.
Aux clameurs, Sainte-Hélène!
A la colère, à l'outrage, à la haine,
Que tout beau nom soulève et qu'il semble nourrir,
Aux chants qu'effleura sur la lyre
Le doigt des passions, le souffle du délire,
Il fallait le temps de mourir.

Que la haine, aux tombeaux où dans l'ombre elle fouille,
Se plaise à profaner les restes qu'elle souille,
Oublions ses débiles cris;
De ses chants sans échos oublions les débris:

L'insulteur au triomphe, aux dieux du capitole
Ne devait-il pas son obole?
Quand il monte, embrâsant l'Océan étoilé,
Englouti dans la pourpre où fastueux il nage,
L'astre de l'Orient d'un vaporeux nuage
Au matin n'est-il pas voilé?
Baya! couche embaumée, où le flot qui la roule
Balance la gondole en murmurant l'amour;
Où de la volupté l'heure fuit et s'écoule
A la brise des nuits, au doux éclat du jour;
Beau golfe, n'est-il pas des gouffres où la houle
Hurle, mugit et râle tour à tour?
A la corolle de la veille,
Sous la rosée, on voit la jeune abeille
De ses trésors puiser le miel,
Aux calices de fleurs heureuse elle sommeille;

Et le vautour attend que le meurtre l'éveille,
　　　Et le crotale vit de fiel.

De Bahal aux Syllas égarant l'anathème,
Lasse de tous ses dieux, la patrie elle-même
N'a-t-elle pas, aux puits desséchés du chemin,
En ployant le genou sollicité la main?
Le Suève et l'Alain, le Sarmate et le Slave,
Se ruant au labeur que le maître a payé,
A tes bras, à ton cou n'ont-ils pas essayé
Le licol de la meule et l'anneau de l'esclave?
　　　Plus forts et plus nombreux
　　　Les entends-tu qui s'appellent entre eux?

Liberté? — La ruine et la hache levée
Menaçaient la Babel à la hâte élevée;
Et sur les blocs nouveaux que l'on veut lui rouler,
En écrasant Barras, elle allait s'écrouler.

Du héros de Lodi la patrie énivrée,
Aux terreurs, à l'effroi tremblante était livrée :
Tant de fils qu'elle aimait ont voulu la trahir,
Tant de Huns à l'envi sont là pour l'envahir!

Hélas! Et tant de soifs à la lèvre livide,
Tantale qu'altérait un espoir plus avide,
Béantes attendaient que monte un nouveau flux,
Jetant, vomissant l'or et ne les sevrant plus!

Les agrès engloutis, au large, sans pilote,
Lambeaux de tous les vents, la voile tombe et flotte;

Et sous les flots plus lourds d'un tumulte houleux
On entendait mugir un cahos nébuleux.

III.

Mais de la nuit de leurs ténèbres,
De la lugubre nuit de leurs crêpes funèbres
Quel éclat de gloire a jailli?
Saluant la vive auréole
Qu'élève à Rivoli la mitraille d'Arcole,
Déjà la France a tressailli;
Et bientôt d'Aboukir l'éclatante lumière,
Rayon brûlant, a pénétré
Jusques à la tannière
Où le meurtre en son antre, à pas lents est rentré;
Sur la plage où le calme, où l'espoir les convie,
Viennent mourir le tumulte et les flots;
Aux gouffres du cahos
A palpité la vie.

En la main qui scellait un sépulcre entr'ouvert,
Inévitable a ruisselé ton glaive;
D'une ligue impuissante il a détruit le rêve,
Liberté! le temple est ouvert.

Ils ne sont plus les chants de la voix adultère;
Des parvis du lieu saint on a lavé le seuil,
A l'autel solitaire
L'âme veuve épanche son deuil.

Veuves avant le temps, une épouse, une mère
Du deuil et de l'amour ont cultivé les fleurs;
    A la douleur amère
    Mêlant, hélas! le miel des pleurs.

A l'ombre de l'asile où la paix qu'elle implore
Couvre de son silence un paisible sommeil,
    De l'éternelle aurore
    L'espérance attend le réveil.

Et pendant que tes fils, sève hâtive et forte,
Aux cendres du volcan donnant un fruit plus mur,
    Du fer de leur cohorte
    Lèvent l'inébranlable mur,

Où de l'invasion la menace éphémère,
Illusion d'une heure, est tombée à tes pieds,
    Rumeur vaine et légère
    Mourant au roc où tu t'assieds;

Ta fille, Liberté, que Molok eut flétrie,
Ta fille, bénissant la main qui la sauva,
    Pour toi, pour la patrie
    Elève une âme à Jéhovah!

France! de quel éclat ton glaive t'environne!
    Sur les débris des factions,
Fière, tu t'es levée aux yeux des nations,
Qu'elle est belle à ton front ta nouvelle couronne!

IV.

Aux lauriers du chemin,
Toi que la victoire à glanée,
Avant le lendemain
Palme, tu t'es fanée !

Un vent glacé frémit
A la pâle fleur du trophée,
Et dans l'ombre y gémit
Une plainte étouffée.

Gloire, à l'if des tombeaux !
Tremblantes veillent les alarmes,
Et tes jours les plus beaux
Sont voilés de nos larmes.

Mornes, tes bataillons,
Du vautour évoquant la fête,
Sur l'épi des sillons
Vont roulant la conquête ;

Et la paix à ses chants,
A l'espérance ouvre la voie ;
De la colline aux champs
Ne coule que la joie.

De l'urne des travaux,
Urne où le fils de l'indigence

Puise les dons nouveaux
Qu'y jette l'abondance,

Tombent à l'orphelin,
A la glaneuse qu'il console,
Et la bure et le lin,
Du labeur humble obole.

Aux soleils des heureux
De leurs jours égalant le nombre,
La paix répand sur eux
Sa corbeille et son ombre;

Et se hâtant d'ouvrir
Une main de fruits toujours pleine,
Fruits que l'on voit couvrir
Les coteaux et la plaine,

A l'aube, avec amour,
Sous l'écharpe de la nature,
Elle cache au vautour
La livide pâture.

Mais sur la nuit des temps quand une heure a sonné,
Qui trouble, en l'éveillant, l'univers étonné,
Même à travers les monts, pour effacer les traces
Où la haine à l'envi multipliait les races,
Pour ouvrir une voie au nouvel avenir;
Aux nations, aux fils de la famille humaine
Pour élever la tente où Jéhovah les mène,

Où l'ineffable voix les invite à venir;
Il faut que la conquête, écroulant la barrière,
Marche sur les débris oubliés en arrière :
Du creuset, où bientôt les métaux vont s'unir,
Le cratère aux flancs noirs en les mêlant réclame
Et la houille embrasée et le nître et la flamme.

Et quand ton doigt nous montre un front cicatrisé,
Liberté, ton asyle est l'enseigne du brave,
    Et de la chaîne de l'esclave
Sous les tronçons du glaive est un anneau brisé.

V.

Pour que le Dieu jaloux qu'exila ton idole,
De l'écharpe sanglante et du sanglant symbole
    Ne se souvienne pas ;
Pour que ta fille espère, hélas ! et qu'elle oublie
Et le râle et les glas et la fange et la lie
Et.... la noire géhenne où son tombés tes pas ;

De la toge de lin pour enlever la tache
Qu'une tremblante main nous dérobe et nous cache
    Sous la neige du pli ;
Pour ne plus remuer la vase qui suinte

Et les nuits sans sommeil et l'angoisse, et l'absynte
Au calice profond goutte à goutte rempli ;

Telle que le rayon éveillant les vallées
Et les confuses voix suaves exhalées
  Au souffle de l'amour ;
De la brume de l'aube éloignant le nuage,
Appelant l'espérance à conjurer l'orage
Dont la funèbre nuit nous a voilé ton jour ;

Telle qu'à l'Orient se lève sur le monde
La pourpre aux doux reflets de l'astre qui l'inonde
  De la vierge splendeur,
Ne roulant que le calme et la fraîcheur de l'onde,
Epanche, Liberté ! plus pure, plus féconde,
Aux sillons les épis, à tes fils le bonheur !

Mais les glas ont tonné ! Coupole de la gloire
  Pavoise-toi de tes lauriers !
  Pavoise-toi de tes guerriers
   Hôtel de la victoire !

Telle qu'à l'hozannah fléchissant les genoux
  Incline-toi cohorte mutilée !

D'une plage où le flot la jeta loin de nous,
     Elle vient l'illustre exilée ;
     Vauban , Turenne, inclinez-vous !
Tels qu'au front des glaciers, d'une éternelle crête
Les Alpes vous ont vus gravir l'horrible faîte,
     Tels qu'après les combats
Vous alliez d'un héros honorer le trépas,
     Venez , braves, au mausolée ;
Venez ; au lit funèbre apportez vos exploits,
Venez ; que la prière à vos pleurs soit mêlée ;
     Et qu'à l'heure où la loi des lois,
     Jéhovah ! qu'à l'heure où ta voix
Appellera le pâtre et les dieux du pavois,
La fille de l'exil s'éveille consolée !! —

SOUS PRESSE :

HISTOIRE DE FRANCE,

PAR

ALEXANDRE HOURNON.

Cet ouvrage formera deux beaux volumes in-8º, publiés par livraisons de deux feuilles d'impression.

Il paraîtra une livraison par mois.

Chaque livraison pour Clermont. . . . . . . 60 c.

Par la poste. 75

ON SOUSCRIT A CLERMONT,

Au bureau de l'Imprimerie,

RUE DE L'EGLISE,

et chez

TOUS LES LIBRAIRES

DES DÉPARTEMENTS.

www.ingramcontent.com/pod-product-compliance
Lightning Source LLC
Chambersburg PA
CBHW061413170626
46811CB00005B/1974